Christian von Aster

Holger Much

2. Auflage

Edition Roter Drache, Am Hügel 7, 59872 Meschede
email: edition@roterdrache.org; www.roterdrache.org
Lektorat: Sabine Thiele, www.thieletext.de
Korrektorat: Hanka Leo

Gesamtherstellung: Jelgavas typografia

Hörbuch eingelesen von Christian von Aster
Aufgenommen von Luci van Org im
Knochenland-Studio@BlindLeadingTheBlind Entertainment GbR - Berlin
Komposition und alle Instrumente Intro/Outro: Caspar von Coppelius
Musik: Kelpy/Holger Much & Friends:
Ally Storch: Geigen, Nyckelharpa, Bratsche
Benni Cellini: Cello
Marcus van Langen: Oud, Sitar, E-Gitarre, Cister
Oliver S.Tyr: Mandola
Christian von Aster: Koboldgemurmel
Ralf Gugel: Gitarren, Akkordeon, Elektronika, Produktion
Holger Much: Komposition, Flöten

ISBN 978-3-946425-30-4

inhalt

Kalt war die Nacht, wie Eis war'n die Sterne,
und still war's rund um die Taverne,
aus deren Fenstern ohne Ziel
ein kläglich schmaler Schimmer fiel,
der dann den Rand des Waldes traf
und dort störte der Kobolde Schlaf.

Es wurde dunkel, wurde später,
in die Taverne strömten Bauern und Städter,
und durch die Fenster drang der Säufer Gesang,
der dann den Rand des Waldes traf
und dort störte der Kobolde Schlaf.

Laut wurd' es, und wie Säufer sind,
wurd' es lauter, als plötzlich ein Wind
direkt auf die Taverne zulenkte
und ihre Fenster und Türen aufsprengte.
Keinem der Männer war klar,
dass dies ein Zeichen der Kobolde war.
Man verschloss die Fenster und Türen,
niemand wollt' wahrhaben, spüren,
dass Unheil über der Schenke lag.
Und bald würd' es ja wieder Tag.
Doch die Kobolde, all' aufgewacht,
hatten sich ans Werk gemacht ...

Unaufhaltbar verrann die Zeit,
und Mitternacht war nicht mehr weit ...

Doch die Saufkumpane in der Taverne
hörten nicht, wie in der Ferne
loses Blätterwerk sich hob,
sich raschelnd auseinanderschob,
die Kobolde den, der da nun stand, beäugten
und sich ehrfurchtsvoll verbeugten.

Ein Umhang von Blättern, von Gräsern und Sand
umwehte den Gnomen, der dort stand,
nun von einem zum anderen blickte,
und sie alle Richtung Taverne schickte.
Es wandert' der Haufen in Reih und Glied
und sang ein schauerlich Koboldlied ...

In der Taverne hat's keiner gehört,
niemand hat sich dran gestört,
man hat nur gänzlich unbetroffen
gezecht, gesungen und gesoffen.
Doch die Kobolde, erzürnt, vergrellt,
hatten die Schenke schon umstellt.

Die Uhr schlug zwölf, und mit ihrem Klang
steigerte sich der Koboldgesang.

Als die Uhr den zwölften Schlag dann tat,
ein Fremder energisch den Gasthof betrat.
Dieser Mann war seltsam klein,
schien ein Männchen nur zu sein.
Und während die Zwerge draußen wachten,
waren's die Zecher, die laut lachten,

weil über einen Zwergenmann
man wohl straflos lachen kann.
Der kleine Mann sah, wie sie lachten,
er wusst' genau, was sie jetzt dachten,
doch hier und jetzt, in dieser Nacht,
hatte er genügend Macht;
ihr Schreien, Lachen, Grölen, Singen
brächt' er bald schon zum Verklingen,
denn er war - wie man erraten kann -
wohl kein gewöhnlich kleiner Mann.

„Was, Kleiner, suchst zu später Stunde ...",
fragte einer aus der fröhlichen Runde,
„... in diesem Haus voll Erwachsener hier?
Wünschst zum Trunk vielleicht ein Bier?
Tränkst du's, ich säh' gern dabei zu,
der Humpen ist fast so groß wie du!"
Der Scherzbold schwebte bis an die Decke
und landete unsanft in einer Ecke.
Darauf hob der Gnom zu sprechen an,
und alles schwieg, als er begann.
Von draußen ertönte der Koboldgesang,
der nun an aller Ohren drang,
und ein seltsam' merkwürdig Unwohlsein
schlich sich in die Schenke ein.

„Liebe Leute, seid euch gewahr,
ich bin der Fürst der Koboldschar.
Dank euch konnt' heut mein Volk nicht schlafen,
drum komme ich, euch Pack zu strafen.

Verwandelte ich euch in Schweine,
stündet ihr zwar in der Scheune,
grunztet in eurem Schweinechor
aber so laut als wie zuvor.
Was also soll ich mit euch tun,
auf dass das Koboldvolk kann ruh'n?"
Ein Mut'ger hat sich dann getraut,
sich vor dem Fürsten aufgebaut:
„Zwerg, dass du nicht um dein Leben bangst.
Ein laufender Meter macht mir nicht Angst!"
Der Koboldfürst sah nun den Mann
mit wildem Koboldblicke an.
„Menschlein, du hast zwar Mut,
das ist hier aber gar nicht gut."

Der Koboldfürst schwang seine Hand,
und der Mann, der vor ihm stand,
ward ein Tier, ganz winzig klein,
verschwand schnell unter 'nem Stein.
Der Fürst fing das Insekt,
hat die Lippen sich geleckt,
und ohne viel mit sich zu ringen,
tat er die Küchenschab' verschlingen.

„Will noch jemand sich mit mir messen?
Ich denk, ich könnt' euch alle fressen!"

Betroff'nes Schweigen, angstvolle Gebärden,
gefressen wollte keiner werden.

Doch diesem Winzling sich ergeben?
Nach einem Ausbruch tat man streben!
Flüsterte: „Wenn wir uns all' zusammenraffen,
können wir es sicher schaffen,
auf, nehmen wir dem Zwerg
sein schändlich teuflisch Zauberwerk.
Zusammen ist es schnell vollbracht,
nehmen wir dem Gnom die Macht!"

Man stürzte sich sodann
einig auf den Zwergenmann.
Doch der verschwand,
von wo er stand,
was den Sprung nicht gerad' verkürzte
und man vereint zu Boden stürzte,
das Gesicht im Staube rieb
und betroffen liegen blieb.

„Das ist gar nicht nett gewesen!",
schrie zornig der Kobold hinab vom Tresen.
„Nie sollte man stürzen sich
auf einen mächtig Mann wie mich!
Ich denk, es ist genug gezecht,
nun, Menschlein, ergeht's euch schlecht.
Verzeiht, wenn ich's zu sagen wag':
mir scheint, dass man mich hier nicht mag.
Ihr mögt mich nicht, mögt aber Wein,
so sollt ihr ihm fortan näher sein,
als ihr ihm je gewesen seid.
Oh, das wird eine schöne Zeit

und so still, dass jeder Koboldmann
fortan in Ruhe schlafen kann!“

Die Taverne begann, mit bösem Rauch sich zu füllen,
aus allen Winkeln schien Nebel zu quillen,
und das ganze Haus zitterte, bebte und wankte,
als Koboldmagie sich darum rankte ...

Unversehrt war tags darauf der Ort,
nur die Taverne war irgendwie fort,
und dort, wo sie gestanden,
windeten und wanden
ganz bestimmte Pflanzen sich.
Das Ganze war recht wunderlich.
Es war ein Weinstock, der dort stand,
und Trauben wuchsen aus dem Sand.
Keine Spur von menschlich' Leben,
wild wuchsen scheinbar die seltsamen Reben.
Doch ganz wild, das kann ich nicht glauben,
irgendwer erntet sicher die Trauben,
es wird gewiss ein Kobold sein,
denn was hier wächst, ist Koboldwein.

Und die Moral von der Geschicht',
denn ohne, Freunde, geht es nicht:
Gebt acht, dass ihr die Kobolde nicht stört,
denn wenn ihr erst ihr Liedlein hört
und aus Blättern der Koboldfürst ersteht,
dann ist es meistens schon zu spät.

Twinkle Dinkle Ferkelbauch

Die Kriege in der Provinz Malveen hatten vor langer Zeit schon begonnen, nachdem Kunde über riesige Goldvorkommen die beiden mächtigsten Häuser des Landes erreicht hatte und beide, um ihren Reichtum zu vergrößern, beschlossen, einen Krieg ohnegleichen um die Reichtümer Malveens zu entfachen. Ohne dass ein Haus dem Siege näher als das andere gewesen wäre, hatten die folgenden Jahre den Landstrich mit den Körpern toter Soldaten überzogen. Und ob auch jene mächtigen Häuser inzwischen kurz vor ihrem Ende standen, glänzten im blutroten Licht der Sonnenuntergänge auf den Schlachtfeldern noch immer goldene Schilde und silberne Schwertschäfte und der Schmuck der Gefallenen, der vom Reichtum ihrer einstmaligen Herren kündete.

Und wenn des Abends, vom Licht des Sonnenuntergangs ein letztes Mal liebkost, die Opfer der Scharmützel über blutbenetzte Äcker und Wiesen verstreut lagen, nahm die gebeutelte Provinz, kurz bevor die Dunkelheit über sie hereinbrach, noch einen tiefen, friedvollen Atemzug.
Derweil bald schon Soldaten, Feldherren und Deserteure, kurzum alle in jenem Landstrich schliefen, war einer stets doch wach: Kaum dass nämlich der Krieg und seine Knechte sich niederlegten, begann ein Gnom von krummem Wuchs, Twinkledinkle Ferkelbauch mit Namen, dort in der Dämmerung seinen Geschäften nachzugehen: von Schlachtfeld zu Schlachtfeld, an toten Helden vorüber eilend, raffte er an sich, was wertvoll schien, füllte damit seinen groben großen Leinensack und sang mit krächzender Stimme sein leises Lied:

„Oh Haus Emrren, oh Haus Nhorgen,
die Waffen ruhen bis zum Morgen,
doch nachts kommt Twinkledinkle Ferkelbauch,
pflückt sich Glänzendes und Funkelndes auch,
raubt eurer Schätze nicht wenige
und lacht über eure Könige!
Beerntet heimlich nächtens das Feld,
das er selbst dereinst bestellt ...“

Doch da war niemand, der die Worte des buckligen Gnoms gehört oder gar verstanden hätte. Nie war, in all den Jahren, da der Krieg nun tobte, irgendjemand jenes kleinen buckligen Schemens gewahr geworden, der Nacht für Nacht über die tristen, blutgetränkten Felder huschte.

Inzwischen war der Winter eingekehrt und die Nächte lang geworden.

Einem verzweifelten Aufbäumen gleich entsandten die Häuser Emrren und Nhorgen ihre letzten strahlenden Hundertschaften, um mit ihrer Hilfe das Gold Malveens für sich zu erstreiten. Dementsprechend geschäftig war der geheimnisvolle Gnom, der in dem Bestreben, den kalten Händen der Gefallenen so viel Beute wie nur möglich zu entreißen, eines Nachts zu später Stunde unvorsichtig wurde. Während sich nämlich seine gierigen kleinen Hände nach einem goldenen Schilde ausstreckten, verfing sein haariger Schwanz sich zwischen einigen schimmernden Speeren, die unweit von ihm im Boden staken. Hierauf stürzte der verwachsene Zwerg, schlug sich den Kopf an besagtem Schilde an und betastete, am Boden liegend, fluchend seinen gnomischen Knöchel, der kurz darauf zu schmerzhaft ungeheuerlicher Größe heranschwoll.

Jammernd griff der Gnom nach seinem Leinensack und humpelte, ihn mühsam mit sich schleppend, schimpfend Richtung Horizont. Dabei ahnte er wohl, dass er den Schutz seiner Höhle so vor Sonnenaufgang nicht erreichen würde und wusste zugleich, dass er den Tag nicht draußen würde verbringen können. Missmutig eilte er an Feldern und Äckern vorüber, bis er bald darauf aus dem Schlot eines Farmhauses einen dünnen Streifen Rauch in den sternenlosen Himmel aufsteigen sah. Schimpfend und humpelnd zerrte er nun seine Beute über den schlammigen Grund Richtung Hütte.

Drei Mal schlug er mit seinem haarigen Fäustchen an die Tür. Kurz darauf legte sich, als ein hochgewachsener Mann ihm öffnete, ein langer Schatten über den Gnom und seinen unheiligen Besitz. Lächelnd fragte der Bewohner nach dem Begehr des Fremden.

„Um Obdach bitt' ich in frost'ger Nacht", war Twinkledinkles ehrliche Antwort.

„Und keinen Grund gibt es, dir diese Bitte abzuschlagen, kleiner Fremdling. Der Gastfreundschaft Gesetze acht' ich hoch. Wenn dein Herz frei von schändlicher Gesinnung ist, tritt ein und sei mein Gast in dieser Nacht."

Mit diesen Worten trat der Mann zur Seite, und der Gnom zerrte, grummelnd seine Dankbarkeit bekundend, seinen Sack ins Innere der Hütte.

Die Versuche des Mannes, ein Gespräch zu beginnen, quittierte er mit Unmut. Kaum dass sein seltsamer Gast ein warmes Schälchen Suppe erhalten hatte, sah auch der Bauer die Sinnlosigkeit seiner Bemühungen ein. Schweigend erhob er sich, um seinem schweigsamen Besucher ein Lager zu bereiten. Dabei aber stolperte er über dessen Gepäck, sodass sich plötzlich Gold und Silber, Diamanten und Rubine über den Boden der Hütte ergossen. Schweigend starrte der Bauer auf die schimmernden Schätze. Und als er den Kopf schließlich hob und seinen fremden Gast betrachtete, da war alle Freundlichkeit aus seinem Blick gewichen.

„Ein Plünderer also bist du! Beraubst die Opfer dieses unheiligen Krieges und stiehlst dich satt an seinen Toten!"

Rechtschaffener Zorn rumorte in dem gottesfürchtigen Mann, in dessen Augen es kaum Verwerflicheres geben konnte, als Verstorbene zu bestehlen. Ein Leichenschänder, den er selbst hineingebeten hatte, weilte unter seinem Dach!

Der Mann griff nach einer Axt, die am Kamine lehnte, und schwang sie über seinem Kopf, um sie auf den gottlosen Gnom niedersausen zu lassen.

Diesem gelang es nur mit Glück, sich unter den Tisch zu ducken, von wo aus er sich mühte, seinen aufgebrachten Gastgeber zu beruhigen.

„Wär' ich du, ich hielte inne und hütete mich redlich, dem zu schaden, dem mein Leben ich verdanke!"

Als er diese Worte vernahm, stand der Bauer einen Moment verwirrt da. Dann aber sauste seine Axt von Neuem nieder.

„Meinen sel'gen Eltern allein verdanke ich mein Leben, und keinen Grund gibt es, einen wie dich zu schonen! Empfange deine Strafe, schändlicher Zwerg!"

Auch unter diesem Schlage vermochte Twinkledinkle sich noch hinwegzuducken und fuhr, derweil er vor den nächsten Hieben floh, mit seiner Rede fort:

„Du solltest dich erinnern, dein Vater hat es dir erzählt: wie einst beinahe sein gesamtes Vieh verendet war und wie, da du auf deinem Weg in diese Welt gewesen bist, bitt're Armut ungebet'ner Gast in deiner Eltern Haus zu werden drohte!"

Bei diesen Worten ließ der Bauer nun plötzlich die Axt zu Boden fallen, fast als wäre sie von einem Moment auf den anderen zu schwer geworden.

„Wie, bei den Göttern, kannst du ..."

Mit einem kecken Lächeln auf den Lippen kroch Twinkledinkle nun aus seiner Deckung:

„Und war da nicht auch eine Nacht, da dein Vater nachsann, ob seiner Familie Leben gnädig zu beenden nicht das Beste wäre? Und stand, da er darüber schlief, nicht am nächsten Tage plötzlich ein Dutzend neuer Kühe mit deines Vaters Zeichen auf der Weide?"

Wie gelähmt starrte der Angesprochene zu Boden, der Gnom aber gönnte ihm keine Ruhe:

„Ich weiß, dass du diese Geschichte kennst, weil doch dein Vater dir auf seinem Totenbett davon erzählte."

„Aber, das ... das kannst du nicht wissen! Du bist bloß ein Fremder, ein gottloser Wicht, ein Plünderer und Leichenschänder!“ Der Bauer war verzweifelt und konnte sich das rätselhafte Wissen des buckligen Zwerges nicht erklären. Tränen standen ihm in den Augen, als der Gnom sich nun vor ihm aufbaute.

„Hör mir gut zu: Viele Dinge bin ich, und viele Namen gibt es für das, was ich bin, doch einen Fremden kannst du nicht mich nennen. Denn ich bin der Schutzgeist dieses Landes, und ich bin es gewesen, der deinen seligen Eltern vor Jahren jene Kühe sandte. Wer immer Leid erfährt in den Grenzen Malveens, der kann zählen auf Twinkledinkle Ferkelbauch!“, sprach er und klopfte sich stolz auf die haarige Brust.

Der Bauer aber zweifelte noch immer.

„Doch jene Schätze dort!“, rief er und deutete auf das Gold. „Auf ihnen glänzt das Blut der Toten. Und so bist du, was immer du auch sonst sein magst, ein Plünderer!“

„Ei, da hast du freilich nicht ganz Unrecht. Doch bedenke: Wer sind die, die ich bestehle? Sind denn nicht sie gekommen, im Namen ihrer Herren dieses Land zu rauben und für sie zu beanspruchen?“

Da kam der Bauer ins Grübeln.

Er zögerte einen Moment, schien dem Gnom aber nicht widersprechen zu können. „Scheinst gar recht viel zu wissen. Wenn dem so ist, dann verrate mir doch, weshalb all die Soldaten kämpfen um dies Land?“

Der Gnom kicherte leise.

„Oh, all diese wack’ren Toren glauben, wie auch ihre Könige, dass Gold in unseren Böden ruht.“ Und er kicherte noch immer, als der Bauer nun ungläubig entgegnete:

„Aber ... aber es gibt keinerlei Schätze, das Land ist karg und arm an allem, einzig die Felder lassen mit Mühe sich bestellen, dabei herrscht ein raues Klima, und der Boden ist allenfalls steinig. Gold jedoch ...“

„Ich und du und die Kinder Malveens wissen das sehr wohl ...", flüsterte der Gnom. Mit diesen Worten raffte er seinen funkelnden Schatz zusammen und wandte sich zur Tür. Dort angekommen drehte er sich noch einmal um und erbat, bevor er ging, zwei getrocknete Kalbshäute erstehen zu dürfen ...

Kaum einen Monat später waren sowohl das Haus Emrren als auch das Haus Nhorgen am Ende und gaben im Angesichte des Ruins den Kampf um die Provinz auf.

Wenige Tage später erschienen in den schimmernden Schlössern von Dougan und K'Hiil Boten und brachten Kunde von einem immensen Diamantenfund in den Grenzen Malveens. Botschaften, die jeweils auf einem Stück Kalbshaut geschrieben und mit keinerlei Signum versehen waren.

Das aber hielt jene beiden Häuser nicht davon ab, einen Krieg ohnegleichen anzufachen, um ihren Reichtum zu vergrößern ...

„Oh, Haus Dougan, Haus K'Hiil,
neue Narren für mein Spiel.
Nachts kommt Twinkledinkle Ferkelbauch,
pflückt sich Glänzendes und Funkelndes auch,
raubt eurer Schätze nicht wenige
und lacht über eure Könige!
Beerntet heimlich nächtens das Feld,
das er selbst dereinst bestellt ..."

Guttin Der Kleine

Am Hofe des Königs vom Elfenthron
fand seit tausend Jahren schon
jedes Jahr zur gleichen Zeit
statt ein sonderlicher Streit
zwischen den besten Magiern im Land.
Ein jeder im Reiche wohlbekannt
und jeder ein Meister der Magie.
Doch es geschah noch niemals, nie,
dass einer den Sieg von dannen trug.
Keiner der Magier war gut genug,
besser als die and'ren beiden
und zwang den König zu entscheiden.

Gewiss wohl so wie jedes Jahr
bestand die kleine Magierschar
aus drei Magistern der Zauberei.
Und eben diese welche drei
waren vom Lehmsee Meister Galaban,
dem Elfen und Gnome zu Diensten war'n,
aus dem Nordland Brolin Schrotgesicht
- seine Magie bestand aus Feuer und Licht -
und Yaunur von Tibas, kraftvoll und stolz,
sein Zauber erwuchs aus Stein und aus Holz.

Der König, ein weiser alter Mann,
gab das Zeichen, und der Wettstreit begann.

Als Erstes trat Galaban hervor,
schuf aus dem Nichts einen Elfenchor,
dessen mystisch magischer Gesang
wie die Stimme der Wälder klang.
Doch man sah's an seinem Gesicht,
beeindruckt war der König nicht.
Da wuchsen aus dem Boden Schatten,
die die Gestalt von Gnomen hatten
und die, gemäß des Zauberers Verlangen,
ungelenk durch den Thronsaal sprangen,
hin und her rannten und eilten
und sich im Laufe auch noch teilten!
Ein Wink des Zaub'rers, und es schwand
das Schattenvolk ins Gnomenland.

Brolin trat vor: „Nun, ein kleiner Mann,
der singen oder tanzen kann,
ist, mit Verlaub gesagt, Kinderkram,
erröten sollte Galaban.
So zeige also ich Euch nun,
was wahre Magier wirklich tun!"
Er klatscht' in die Hände, was Funken schlug,
und durch diesen seltsamen Funkenflug
fing das ganze Palastgemäuer
auf seltsame Weise magisches Feuer.

Die Anwesenden standen beisammen
inmitten der lodernden Flammen,
und, was keiner von ihnen verstand,
nicht einer wurde verbrannt.
Unerwartet, auf magische Weise,
brach ein Vogel aus Schatten eine Schneise
durch die wabernde Masse der Flammen,
bis nah bei Brolin seine Konturen verschwammen,
sein Körper wuchs, bis er den Raum ausfüllte
und sein Schwarz die magischen Flammen stillte.
Kälte und schwärzeste Dunkelheit
machten sich nun im Thronsaal breit.
Und langsam, sachte, nicht zu schnell,
macht' Brolins Hand ihn wieder hell.

Nun verneigte Brolin sich,
und Yaunur rief: „Achtet auf mich!
Aus der Mitte von diesem Raum
erwächst durch meine Kraft ein Baum!"
Er stampft' drei Mal mit dem rechten Bein,
da schoss ein mächt'ger Stamm aus dem Stein,
und es hing, wie Yaunur 's gewollt,
an jedem Ast ein Klumpen Gold.
Dann ließ er den Palast erbeben
und kurz darauf ihn gar noch schweben.
Bald stand er wieder, Schaden hatte er keinen,
und der Baum verschwand wieder zwischen den Steinen.
Der Zauber Yaunurs war vorbei.
Und er war der letzte jener drei.

Als der König sie zu sich nun rief,
verbeugten sich die Magier tief
und lauschten voll Erwartung dann,
zu hören, wer den Streit gewann.
Und der Herr vom Elfenthron entschied:
„Ein jeder ist Meister auf seinem Gebiet,
und ihr wart alle wunderbar.
Allein, es ist wie jedes Jahr,
und es zu sagen fällt mir schwer:
Nicht einer unterhielt mich mehr
als die and'ren beiden zwei,
zu mächtig seid ihr alle drei."

Derweil der König jetzt noch sprach,
etwas durch die Ostwand brach.
Ein kleiner dicker Mann stand dort
und klopft' sich Staub vom Rocke fort.
„Guten Tag, man nennt mich Guffin, Guffin das Kind,
ich reiste hierher mit dem Wind,
hab' wohl zunächst den falschen genommen,
bin deshalb auch zu spät gekommen.
Auch ich wollte mich heut' bequemen,
an diesem Wettstreit teilzunehmen.
Ich nahm hier zwar noch niemals teil,
doch ich möchte, einfach weil
ich zeitenweise, dann und wann,
auch ein wenig zaubern kann.

Verzeiht, ich hab' Eure Mauer ein wenig beschädigt,
doch glaubt mir, das ist gleich erledigt.
Ich stell' einen Blumentopf davor
und, zu erfreuen Euer Ohr,
setz' ich einen Vogel drauf,
den ich beim Vogelhändler kauf',
weil ich, man sieht es mir wohl an,
Vögel noch nicht zaubern kann.
Und nun, mein König, mit viel Geschick,
vollführ ich meinen ersten Trick!"
Guffin stülpt' sich einen Topf
über seinen kleinen Kopf
und lief ziellos hin und her.
„Mein König, dieser Trick ist schwer,
durch diesen Topf
auf meinem Kopf
schaff' ich, denn ich bin gescheit,
absolute Dunkelheit!
Und nun erneut mit viel Geschick,
Majestät, mein zweiter Trick.
Diesen Samen setz' ich in die Erde,
und wenn ich fleißig gieße, werde
dereinst ich einen Baum gezaubert haben,
an dessen Frucht mögt Ihr Euch laben.
Ach, und wer's sich leisten kann,
der hängt noch etwas Gold daran.

Einen Zwerg schaff' ich Euch nicht,
bin ja selbst fast nur ein Wicht."

Der König, den strahlend die Krone geziert,
hatte sich prächtig amüsiert.
„Was sind diese drei hochmüt'gen Gestalten?
Du, Guffin, sollst den Titel erhalten,
um den sie seit tausend Jahren streiten.
Sie konnten mir nie wahre Freude bereiten.
Du bist um einiges mehr amüsant
als alle Zauberer im Land."

Galaban, Brolin und Yaunur entschwanden voll Wut,
und seither amüsiert jener König sich gut,
von Guffin dem Kleinen unterhalten,
diesen Magier wird er behalten.

Der Schatz von Zwergenland

Man hörte schon immer an gewissen Orten und Plätzen
Geschichten von sagenumwobenen Schätzen.
Und aufgrund solcher Märchen und Sagen
taten schon viele Männer sie wagen,
die große Suche bis hinters Meer,
oftmals ohne Wiederkehr ...

Von so einem Wagnis will ich erzählen,
und man hat die Wahl, darf wählen,
ob man's glauben will oder nicht.
Es fällt nicht weiter ins Gewicht,
denn ich weiß, dass es so gewesen ist,
was nicht heißt, dass ihr's glauben müsst.

Es begann in einer kleinen Stadt,
wie ein'ge man schon gesehen hat,
ihre Bürger waren feist, faul und zufrieden,
und doch war ihnen entschieden
zu wenig passiert in ihrem Ort,
drum zog es viele von ihnen fort,
als eines Abends, das Jahr weiß ich nicht mehr,
aus einem and'ren Land, von sehr weit her,
ein Geschichtenerzähler kam,
Platz auf ihrem Markte nahm
und von alten Sagen dann
ihnen zu erzählen begann.

Gern schenkte man dem Greis Gehör,
dies fiel auch nicht weiter schwer,
da er das Thema geschickt wählte,
von Reichtum und einem Schatz erzählte,
der fern von diesem kleinen Ort
in einem felsig' Zwergenhort
lange schon verborgen sei.
Und es sei nicht viel dabei,
schelmisch, tückisch, gar verstohlen
den Schatz ganz einfach abzuholen.
Dann zog der Mann aus seinem Barte
eine halb zerfall'ne Karte,
gab zu gutem Preis sie fort
und verließ den kleinen Ort.

Ein Schiff war mit Männern nun schnell bestückt,
die, halb wahnsinnig und halb verrückt,
auf die Schatzsuche sich machten
und Tod und Teufel wohl verlachten,
weil ein Schatz so oder so
lohnte jedes Risiko.

Sie überquerten das Meer, wie die Kart' es befahl,
und erschreckend klein war ihre Zahl,
als sie betraten Zwergenland,
wie der Alte es genannt.
Viele Männer war'n gestorben,
manche am Fraße, der verdorben,
and're war'n im Meer versunken,
kläglich in selbigem ertrunken,
and're starben einfach so -
es lohnte ja das Risiko.

Und die kleine Männerschar,
die auf Zwergenland nun war,
sich keine Pause gönnt' oder Ruhe ließ,
sie folgte dem Weg, den die Karte wies.
Und auf dem Weg, dem schrecklich langen
sind dann noch ein paar draufgegangen,
keiner von ihnen hat sich beschwert,
es war das Risiko ja wert.

Am Abend wurd's dunkel, wurd' es kühl,
da erreichte das Grüppchen dann sein Ziel.
Fünfe waren übrig geblieben,
allein von der Gier nach Gold getrieben.
Und da standen die Fünf am Rand
einer riesigen Felsenwand.
Wie in der Karte genau beschrieben,
vom toten Baum nach Norden sieben,
nach Westen neun Schritte getan,
durch Buschwerk gebrochen eine Bahn,
da war der Eingang einer Höhle zu seh'n.
Bei Gott, war dieser Anblick schön!
Dahinter würden Schätze liegen,
mussten tausend Tonnen wiegen!

Als sie der Höhle Düsternis betraten,
mussten sie ein wenig warten,
damit sich, derweil man allein sich wähnte,
das Aug' an die Dunkelheit gewöhnte.
Doch alleine war man nicht!
Aus dem Nichts erschien ein Wicht,
sprach die Fremden dann
ohne groß zu zögern an:

„Was, Fremdlinge, ist euer Begehr?
Sicher kommt ihr von weit her,
seid nicht aus Zufall hier gelandet,
sicherlich nicht hier gestrandet ...“
Was sollte dem Zwerg man sagen?
Sicher könnte man's nicht wagen,
die Wahrheit dem Gnomen zu erzählen,
drum taten die Fünf die Lüge wählen:
„Bei uns hörten wir vom Zwergenland, dem fernen,
und wollten die Zwerge kennenlernen.
Dafür taten wir so weit reisen.
Wirst du uns Gastfreundschaft erweisen?“
Das genügte, wollten sie meinen,
und der Zwerg wollt' nicht verneinen.

So feierten die Fünfe mit den Wichten,
erzählten sich lustige Geschichten,
und einer der Fünf hat, ich sag's ganz offen,
sich bei den Zwergen totgesoffen.
Dank dem Bier
warn's nunmehr vier,
und diese aßen, spaßten, lachten und tranken,
war'n aber mit ihren Gedanken
beim Schatz, den man auf leisen Sohlen,
wenn die Wichte schliefen, würde holen.

Es gab viel Spaß, es floss viel Wein,
bald schliefen die Zwerge ein.
Dazu muss man sagen,
dass sie nicht viel Wein vertragen,
sind ja auch so klein,
passt gar nicht viel rein ...

Die Wichte schliefen in des Weines Wahn,
und die Vier sah'n auf dem Plan
den Raum, mit ihrem Schatz darin.
Dort schlichen sie nun leise hin,
öffneten mutig, unverdrossen
die Türe, welche nicht verschlossen,
und da standen die Vier nun jetzt
vor dem Schatz zu guter Letzt.
Der bestand einzig aus Goldstatuetten!
Wenn sie nur Säcke mitgenommen hätten,
da passten nämlich mehr hinein.
Es mussten mehr als tausend sein,
die dort in jener Schatzkammer lagen,
nur mit Händen kaum zu tragen.
Und während man sich im Glanz des Goldes sonnte,
nahm man, was man tragen konnte.

Dann wollten die Viere raus.
Doch es ging nicht mehr hinaus,
fest verschlossen war die Tür,
und da standen jetzt die Vier
mit Gold in den Händen, Hosen, Mützen,
der ganze Reichtum wollt' nichts nützen,
man konnte nicht hinausgelangen,
war eingesperrt, gefangen.

Irgendwann erschien der Wicht,
hielt über die Vier Gericht:
„War's also doch nur unser Gold,
das ihr Fremdlinge gewollt,
habt uns Gnome dreist belogen,
uns hintergangen und betrogen.

Ich will bei schnöden Worten nicht verweilen,
der Zwergenfluch soll euch ereilen!“

Die Vier schrien sich ihre Kehlen heiser.
Bald wurden ihre Schreie leiser,
und die Vier wurden kleiner, wurden ungewollt
zu kleinen Figürchen aus purem Gold.

Und wieder war der Schatz reicher um vier Statuetten,
die die Zwerge kaum bekommen hätten,
wenn im Menschen nicht so sehr
die Gier nach Gold und Reichtum wär'.

Epilog:
Ein kleines Boot legte am Strand
vom kleinen ruhigen Zwergenland
schon am nächsten Abend an,
daraus kletterte ein Mann,
der war den Zwergen wohlbekannt,
und man drückt' die Karte ihm in die Hand.
„Auf, alter Mann, dies ist der Plan,
der dem Mensch gebiert den Wahn.
Gegen des Goldes Ruf kann er sich nicht wehren,
so geh nun uns'ren Schatz vermehren!“
Und in des Mannes weißem Barte
verschwand eine halb zerfall'ne Karte ...

Die Moral nun letzt und endlich
ist jedem wohl nur zu verständlich:
Wenn einer von euch in seiner Stadt
einen Geschichtenerzähler gesehen hat,
hält er sich, hat er sein Leben gern,
von ihm und seinem Barte fern.

Nach Bagdad war ich das erste Mal vor gut fünfzehn Jahren als Architekt im Auftrag Lord Torkletons gekommen. Letzterer hatte seinerzeit für eine ansehnliche Summe den Sommerpalast des Sultans Uludag erstanden, den er Stein für Stein nach Devonshire hatte schaffen wollen.

Meine Aufgabe in jenen Tagen war die Überwachung seines Abbaus und die Regelung des Transportes. Dabei gingen wir allerdings bereits davon aus, dass uns im Zuge unserer Arbeit, sei es der Unachtsamkeit oder der Diebe wegen, zumindest ein Drittel des Gebäudes abhanden kommen würde.

Lord Torkleton würde das, was fehlte, am Ende in Devonshire nachbauen müssen. Aber wir waren uns sicher, dass einer wie er, der zehn Tonnen echten Wüstensandes aus der arabischen Wüste nach England schaffen konnte, gewiss auch ein paar Mauern und Minarette würde nachbauen können.

Ich entsinne mich, wie damals Schlaflosigkeit und seltsame Träume meine ersten Tage in Bagdad überschatteten. Weder das eine noch das andere hatte ich bis dahin gekannt und war eigentlich einen tiefen, ruhigen und traumlosen Schlaf gewöhnt.

Es war beinahe, als ob der Wüstenwind die unbekümmerte Seite meines Schlafes ergriffen und zusammen mit dem Sand an irgendeinen fernen, fremden Ort getragen hätte ...

Und dann waren es schließlich tatsächlich meine Träume, die mich in eben einer jener Nächte eines Besseren belehrten.

Besagte Nächte verbrachte ich in einem kleinen Hotel am Rand der Wüste etwas außerhalb der Stadt, wo ich mich allabendlich erschöpft eine schmale Stiege emporschleppte, um in einer kleinen Kammer Schlaf zu finden. Und mit dem Schlaf kamen die kleinen Ungetüme, die sich in meinen Träumen in meine Kammer schlichen. Keinen halben Meter groß, ihre Gesichter unter dunklen Tüchern und ausgefransten Turbanen verborgen, verteilte sich Abend für Abend ein halbes Dutzend von ihnen um mein Bett. Und dann gerieten sie in Bewegung. Derweil zwei sich auf meine Brust hockten, stellte einer sich ans Fenster, ein weiterer an die Tür, und die letzten beiden sprangen unter mein Bett. Dort hielten sie sich einige Momente verborgen, bis sie sich durch knappe Zurufe mit den anderen verständigten und kurz darauf allesamt wieder verschwanden.

Bis zum nächsten Mal.

Beinahe jede Nacht verfolgten jene winzigen Thugs mich in meinem Schlaf. Der daraus resultierende Mangel an Erholung beeinträchtigte meine Arbeit nicht unerheblich, weshalb ich in der zweiten Woche, da dieser arabische Nachtmahr mich plagte, in der Hoffnung, Hilfe zu finden, einen alten Wundermann aufsuchte.

Mirza Ben Faruk hatte, wie es hieß, die Kunst des Wunderwirkens noch vom Katzenvater selbst erlernt, dem man nachsagte, die Träume der Menschen einst wie die Karawanenwege der Namib bereist zu haben.

Zunächst stellte der alte Mirza mir allerlei Fragen, was freilich kaum etwas an meinem Zustand änderte. Bei der vierten Sitzung jedoch offenbarte er mir dann, dass er nach Rücksprache mit einigen Freunden eine Lösung für mein Problem gefunden zu haben glaubte, und verriet mir, dass das, was mir des Nachts begegnete und mir den Schlaf raubte, weniger

Träume als vielmehr die *Hüter des Sandes*, Kobolde des Orients waren, deren Aufgabe darin bestand, Sand und Wüste als Einheit zu bewahren. Seit Anbeginn der Zeiten führten sie den Sand der Wüsten wieder zurück in seine angestammte Heimat. Wo immer der feinkörnige Schatz des Orients auch hinschwinden mochte, in Schuhe, Fundamente oder die Gärten reicher Sheiks: Unze um Unze pflegten die Wächter ihn zurück in die Wüste zu schaffen.

Und tatsächlich war eben dieses Phänomen auch mir bereits aufgefallen: Denn wo immer auch man ein Häufchen Sand auftürmen mochte, es blieb nicht, sondern schwand nach und nach, um am Ende ohne einen ersichtlichen Grund einfach fort zu sein.

Jene sonderbaren Gnome lebten also, wie Mirza Ben Faruk mir verriet, inmitten des Sandes, verborgen in den Wüsten der Welt, gruben sich ihren Weg durch die Wüste und führten Buch über jedes einzelne Körnchen Sand darin. Sie wussten, wann es von wem wohin getragen wurde, und folgten dem Sand an jeden Ort der Welt, um ihn zurück in die Schatzkammern des Orients zu bringen.

Überdies offenbarte der Alte mir, dass jene Wichte früher auch *Sturmtänzer* genannt worden waren, da sie, um den Dieben des Sandes überall hin folgen zu können, mit dem Winde reisten. Da sie wussten, wann ein Sturm wo entstand und wohin er sich bewegte, vermochten sie sich mit ihm an jeden beliebigen Ort zu bewegen, entstiegen dem Sand und legten sich in den Wind, reisten mit Monsun und Passat und hatten den Sand im Laufe der Jahrhunderte aus beinahe jedem Winkel der Welt schon zurückerobert ...

As Mirza Ben Faruk schließlich zum Ende kam, ließ er mich wissen, mir diese Geschichte einzig erzählt zu haben, weil ihm zu Ohren gekommen war, dass ich neben dem Palast auch zehn Tonnen Wüstensand nach England schaffen wollte. Jedes bisschen davon, daran ließ Ben Faruk keinen Zweifel, würden sich die Sturmtänzer – mit welchem Wind sie auch immer reisen mussten – zurückholen. Und was immer Lord Torkleton mit seinem Geld auch zu kaufen vermochte, die Hüter des Sandes mit Sicherheit nicht.

Sie würden ihre Pflicht tun, egal, wie lange es dauerte.

Es lag einzig bei mir, ihnen diese Arbeit zu ersparen.

Ich war beinahe beschämt, dass Ben Faruk mir, einem Giaur, einem Ungläubigen, in dieser Stunde die geheimsten Gesetze der Wüste offenbarte.

Als sich an diesem Abend Dunkelheit über meine Kammer legte, hatte ich meine Galoschen ausgeklopft und den Sand in drei kleine Beutel gefüllt, die ich in meine Tasche gelegt hatte. Im zitternden Schein meiner Öllampe erwartete ich die Sturmtänzer, die liebsten Kinder der Wüste.

Und sie kamen.

Wie jede Nacht.

Der Stoff, der ihre Füße umschlang, dämpfte ihre Schritte, und sie scherten sich zunächst nicht weiter um meine Wachheit, postierten sich wie sonst auch an Fenster und Tür. Dann stellten jene, die sonst auf meiner Brust Platz nahmen, sich schweigend vor mich hin. Unterdessen verschwanden die übrigen beiden wieder unter meinem Bett. Ich hörte, wie sie sich an meinen Schuhen zu schaffen machten, und wenig später eine Reihe gnomischer Flüche. Gleich darauf krochen sie unter meinem Bett hervor und gesellten sich zu den anderen. Von der kurzen wütenden Zwiesprache, die sich nun zwischen den Sturmtänzern entspann, verstand ich nicht ein Wort. Doch meinte ich darauf die Zeit sei gekommen, ihnen das Ihre zu übergeben: Ich zog also die drei winzigen Bündel hervor, legte sie in meine Handfläche und streckte den Geschöpfen meinen Arm entgegen.

Nach kurzem Zögern kamen sie alle vier zu mir herüber.

Sie blickten mich an, verneigten sich kurz, und als sie gleich darauf den Sand auf ihre Rücken luden, konnte ich beinahe den Stoff ihrer Kaftane spüren.

Dann verschwanden sie, einer nach dem anderen. Bevor allerdings der letzte von ihnen mein Zimmer verließ, schien es mir, als hätte er mir noch einmal kurz zugenickt.

Kaum dass die Wüstengnome fort waren, begab ich mich an mein Fenster. Und staunend sah ich sie, sah sie aus allen Türen, hinter allen Vorhängen und aus allen Häusern hervorkommen: die Sturmtänzer, die Hüter des Sandes, die schweigend ihre Bündel zurück in Richtung Wüste trugen.

Von da an füllte ich allabendlich den Sand aus meinen Schuhen in kleine Beutel, die ich vor der Türe ablegte.

Und fortan schlief ich einen Schlaf, wie er im Schoße Abrahams nicht friedvoller hätte sein können.

Lord Torkletons ehrgeizige Pläne jedenfalls krönte ich schlussendlich mit zehn Tonnen feinsten Wüstensandes, die ich aus einem Steinbruch bei Hastings nach Devonshire schaffen ließ.

Beim Wiederaufbau des Palastes in Devonshire stellte sich dann heraus, dass allen Befürchtungen zum Trotz nicht ein einziger Ziegel fehlte. Und obwohl wir uns redlich Mühe gegeben hatten, alle Steine vom ihnen anhaftenden Sand zu befreien, schien der folgende Sommer im Süden Englands ein ungewöhnlich stürmischer.

Einst war ein Wald, ein Berg darin,
zu dem zog es die Menschen hin.
Ein Bergwerk baut' man in jenen Wald,
Und eben dies' fördert' schon bald
aus dem Boden güld'nes Erz
durch tiefe Höhlen himmelwärts.
Fand einer im Bergwerk Arbeit, dann
ward schnell er ein gemachter Mann,
weil jener Berg dort seltsam reich war
und seine Erze leicht erreichbar.

So schoss um den Berg und den nahen See
ein Dorf, eine Stadt bald in die Höh'.
Reich war sie, ein einzig Gedränge,
erstanden aus dem Gold der Gänge.

Schnell ging alles dies vonstatten,
und niemand ahnt' die nah'nden Schatten ...
Dann kam ein Tag, der sonderbar,
seltsam, alles ändernd war:

Wie gewohnt war die Arbeit im Gang,
Schmutz und Staub und tiefer Gesang,
Spitzhack' um Spitzhack', die, derweil man sang,
klingend in Lehm und Stein hinein sprang.

In einem Gang, etwas abgelegen,
folgt' ein Mann im Takt den Schlägen,
bis plötzlich seine Hacke den Lehm durchstach
und polternd die Wand des Stollens einbrach.
Ein helles Geräusch, als die Spitzhacke, scharf,
auf ebensolch ein Werkzeug traf.
Worauf ein wirrbärtiger Kopf
mit schmutz- und lehmverschmiertem Schopf
durch das so entstand'ne Loch
dem Bergmanne entgegenkroch.
Das Loch, es wurde langsam weiter,
Schrecken ergriff den Grubenarbeiter,
bis vor ihm schließlich stand alsdann
ein wahrhaft'ger Koboldmann.
Strotzt' vor Lehm und Dreck und Sand,
zerbrochen die Hacke in seiner Hand,
und war dieser Gnom auch noch so klein,
so garstig schaut' der kleine Kerl drein,
dass den Mann die Angst überkam
und er die Bein' in die Hände nahm,
dass er darauf wohl wie noch nie
lief und aus vollster Kehle schrie

und sich im Werke kein Mann fand,
der nicht wär' angstvoll mitgerannt.
Kaum dass die Bergmänner nun fort,
fand sich im Gange, eben dort,
wo nun die Stollenwand stand offen
und jener Bergmann den Kobold getroffen,
ein sonderliches Völkchen ein,
missgelaunt und seltsam klein.

Das Koboldvolk bestaunt' die Gänge,
mächtig, hoch, breit, ohne Enge,
staunte, denn solche Stollen haben
Koboldhände nie gegraben.
Doch auf das Staunen folgt' die Wut:

Woher nahm die Menschenbrut
das Recht, zu dringen in den Berg
und zu verrichten Tunnelwerk?
Dies war koboltener Boden,
von ihnen zu ernten, von ihnen zu roden.
Dies war ihr Berg und dies ihr Gold,
und einzig und ewig nur ein Kobold
hatte ein Anrecht auf dieses Land,
Gold wie Steine, Erz und Sand.

Gewiss, dass alles am Vortag Illusion,
begaben am nächsten Morgen schon
die Bergleut' sich wieder in ihr Werk
und sahen gerad' noch, wie ein Zwerg,
wobei dieser leise lachte,
flink sich aus dem Staube machte.
Es ruht' nun am Gang hinein
eine Tafel Schieferstein,
und in den Stein, den silbergrauen,
war seltsam's Wort hineingehauen.
Eine Warnung war es von Zwergenhand,
die man dort am Stollen fand,
die Aufforderung fortzugehen,
nimmer mehr zurückzusehen,
da dies würd' Koboldboden sein,
so die Begründung auf dem Stein.
Das Menschenvolk jedoch blieb stur,
man las den Stein und lachte nur
und eilt' zur Arbeit dann ins Werk.
Im Busche saß derweil der Zwerg,
er hatte verstanden, hatte gesehen,
den gezeichneten Weg würd' es nun gehen.
An jenem Tag fiel mancher Stein,
stürzte manch ein Stollen ein,
und viele Männer kamen zu Toden
in jenem koboltenen Boden.

Am Abend, da jene, die noch lebten,
der schwindenden Sonne entgegenstrebten,
fanden sie an des Ganges Rand
neuerlich Mahnung von Zwergenhand:
*„Ihr habt gesehen, habt gespürt,
wohin Koboldzorn euch führt."*
Mancher verlacht' noch der Gnomen Wut,
doch war nicht allen mehr wohl zumut' ...

Einige, voll Angst nun und Sorgen,
verließen den Wald am nächsten Morgen.
Doch eine mut'ge kleine Menge
begab sich wieder in die Gänge,
ein letztes Mal noch es zu wagen,
die schimmernden Erze loszuschlagen.
Man fand dann auch an jenem Berg
keine Warnung, keinen Zwerg
und wähnte folgefalsch sich sicher.
Doch leise hämisches Gekicher,
das kobolten und wissend klang,
drang aus dem Waldstück vor dem Gang ...
Man hat sich geplagt, hat sich geschunden,
brach viel Gold in wen'gen Stunden.

Doch mit jedem Klumpen, ob leicht oder schwer,
schloss sich der Berg ein wenig mehr.
Und so kam's dann, dass zur Nacht
nicht ein Tunnel, nicht ein Schacht
sich durch Lehm und Stein und Sand
hinein in jenen Berg noch wand
und dass der Bergleut' kleine Schar
eins mit dem Berg geworden war ...

Die Moral gibt dein Verstand:
Vereinnahm niemals Koboldland,
denn für dich, Mensch, und dein Leben
sind klare Grenzen dir gegeben.

Der Schattenspieler

Erinn're mich bisweilen heut'
gern zurück an jene Zeit,
damals, da ich Kind und jung,
voller Staunen, Drang und Schwung.
Entsinne noch den ersten Kuss
und das Dorf unten am Fluss,
wo, wenn es nach dem Winter warm,
der kleine Schattenspieler kam.
Seinen Handkarren ziehend,
Erwachsene fliehend,
betrat er uns'ren kleinen Markt.
Sein Kommen ward herumgesagt,
und unter lauten Jubelschrei'n
fanden des Dorfes Kinder sich ein.

Der kleine Mann verschwand
hinter einer stoff'nen Wand,
entzündet' eine Kerz' dahinter
und sah mahnend auf uns Kinder.
Auf diesen Blick hat niemand am Markt
geschrien oder nur Piep gesagt.

Das Schattenspiel begann,
und jener kleine Mann
spielte hinter der Leinenwand
vor dem Licht mit Fuß und Hand,
schuf abertausend lebendige Schatten,
die sonderbarste Formen hatten.

Alles, was man denken kann,
erschuf der Schattenspielermann,
schuf Hunde, Wölfe, Raben, Ratten
und was wir nie gesehen hatten:
Dämonen, Drachen, Fabeltiere,
er sprang umher, nutzt' alle viere,
um allen diesen Schatten Leben
und zugleich auch Seel' zu geben.

Später kam's dann, dass die Nacht,
von weit mächt'geren Schatten gemacht,
um des Schattenspielers Kerze sank.
Und hier nun nahm er uns'ren Dank:
Leis' klimperten Taler vor ihm in den Sand,
und mit schwach zitt'riger Hand
griff die paar Kreuzer der kleine Mann
und entließ uns aus seinem Bann.

Die weiße Wand war weiß bloß noch,
und wie Mitt'nacht näher kroch,
löscht' der Mann mit leisem Schmerze
die hinabgebrannte Kerze,
verließ den Markt, ging ganz allein
und zog den Karren hinterdrein.

Doch weil Kinder mitunter Schreckliches tun,
legt sich über die Erinnerung nun
ein Schatten wie aus schwarzer Scham:
Denn als der kleine Mann wiederkam,

war seine Kerze wieder ganz,
erneut zu schaffen Schattentanz.
Die Kerze, war uns Kindern klar,
war Zauberkerze, wunderbar:
niedergebrannt bis hin zum Ende,
wuchs sie empor durch Zauberhände!
So nur konnte es, ja, so musste es sein,
und jener Mann, so schwach und klein,
so beschloss unser Gericht,
verdiente solchen Zauber nicht.

Als er das nächste Mal bei uns weilt',
sind drei von uns dann losgeeilt,
verbargen sich hinter der Leinenwand
und griffen bald mit tückischer Hand,
als das Männlein weggeblickt,
nach der Kerze, und geschickt
schlichen sie sich fort ganz leis'.
Die Leinwand war und blieb auch weiß.
Nicht ein Schatten regte sich,
nicht ein Tier bewegte sich.
Und wie das Männlein weint' und schrie,
war in uns eine Kraft wie nie,
als in dunkler Eck' wir die Kerze entfachten
und uns bereit für ihr Wunder machten.

Nach Stunden dann verlosch ihr Schein.
Sie war und blieb auch winzig klein.

Sie wollt' nicht wachsen, wir verstanden's nicht.
Und selbst in hellem Tageslicht
blieb sie winzig, wie sie war,
und schien dabei kaum wunderbar.
Es lag wohl doch kein Zauber darin.
Still schlichen wir zum Markte hin,
in uns um Verzeihung die leise Bitte.
Und auf des Marktes kahler Mitte,
wo die bleiche Leinenwand,
wie tot, wie ermordet, schweigend stand,
da lag der Schattenspieler auch
regungslos auf seinem Bauch
und hatte, das erkannte ich,
kein Fünkchen Leben mehr in sich,
war tot wie seine Schattenwand.
Und traurig kleine Kinderhand
legt vom toten Mann nicht weit
den Kerzenstummel ihm zur Seit'.

Am Hügel begruben wir ihn dann,
den kleinen Schattenspielermann.

Wenn's nach dem Winter wieder warm,
war dann die Zeit, da unsereins kam,
und schweigend stellten wir dann leise
kleine Kerzen dutzendweise
um den Karren, welcher da
dem Schattenspieler Grabmal war.

Über Stock und Stein und Steg
weiß das kleine Volk den Weg
in das Reich hinter den Reichen,
wo Wirklichkeiten Wundern weichen,
wo zaghaft der Gnom die Elfe küsst
und jeder sein darf, was er ist.

Sie weisen den Weg, schau hin, sieh zu,
ob du folgst, entscheidest du ...

Geboren unter einer knorrigen Kastanie in einem entlegenen Waldstück und aufgezogen von wilden Waldwurzelbolden verlief sich CHRISTIAN VON ASTER, der unter gebildeten Wechselbälgern als außerordentlicher Kenner anderweltlicher Alltagslyrik gilt, bereits in jungen Jahren in einer weitschweifigen Birkenborkenbibliothek, deren Ausgang er - nicht zuletzt aufgrund der Halbherzigkeit seiner Suche - bis zum heutigen Tag nicht gefunden hat.

Es war an einem Freitagabend, irgendwo zwischen dem Moorbach und dem missgelaunten Weißdornbusch, als ihn die Wilde Jagd im Galopp verlor. Aufgezogen von mitfühlenden Moosmurkeln, ist es HOLGER MUCH nie ganz gelungen, den Erinnerungen an unsägliche Gestalten und dünne Flöten zu entrinnen. Nachts, wenn Frösche und Molche im Dunkeln huschen, bannt er die ihn jagenden Bilder in Linien und Farben. Ach, vergebens ...

Einst zur Mittsommernacht lernten diese zwei sich unter Mond und Mistelzweig, von Honig, Tau und blasser Elfenhaut berauscht, im Rahmen eines elfischen Gesellschaftstanzes kennen, der nüchtern nicht getanzt werden kann und dessen Regeln sich gewöhnlichen Sterblichen nicht erschließen. Genaugenommen tanzen die beiden sogar noch immer.
Und haben zusammen nun dieses Buch getanzt, um den Menschen die Gesetze der Anderswelt zu erhellen ...